L'AMITIÉ DES DEUX AGES,

COMÉDIE EN TROIS ACTES ET EN VERS

PAR

M. H. MONIER DE LA SIZERANNE,

*Représentée pour la première fois, sur le Théâtre Français,
le 8 février 1826.*

Intererit multum...
Maturus ne senex, an adhuc florente juventa
Fervidus.
Hor. *Art. Poet.*

DEUXIÈME ÉDITION

A PARIS,

CHEZ AMYOT, LIBRAIRE,

RUE DE LA PAIX, N° 6.

1830.

L'AMITIÉ
DES DEUX AGES,

COMÉDIE.

PARIS. —IMPRIMERIE ET FONDERIE DE FAIN,
RUE RACINE, N°. 4, PLACE DE L'ODÉON.

L'AMITIÉ
DES DEUX AGES,

COMÉDIE EN TROIS ACTES ET EN VERS,

PAR

Mᵣ. H. MONIER DE LA SIZERANNE,

Représentée pour la première fois, sur le Théâtre Français, le 8 février 1826.

Intererit multùm. . . . .
Maturus ne senex, an adhuc florente juventâ
Fervidus.

HOR., *Art. Poét.*

DEUXIÈME ÉDITION.

A PARIS,

CHEZ AMYOT, LIBRAIRE,

RUE DE LA PAIX, Nᵒ. 6.

1830.

PRÉFACE.

Le sujet de la pièce que j'offre au public présentant
une question à la fois délicate et nouvelle au théâtre,
je ne saurais m'étonner de la controverse qu'il a exci-
tée entre les personnes qui ont bien voulu en faire la
critique. Selon les unes, le principe est erroné et mon
édifice dramatique repose sur des bases entièrement
fausses. L'amitié, disent-elles, n'a pas chez les jeunes
gens cette force, cette solidité qu'on ne peut rencon-
trer que dans l'âge mûr. Selon les autres, au contraire,
c'est à la jeunesse qu'appartiennent les élans généreux,
les dévouemens sans calcul, tandis que les vieillards,
dans l'occasion, raisonnent un service, mais ne le rendent point. Entre deux opinions aussi opposées l'une
à l'autre, qu'il me soit permis de placer la mienne;
je dois la faire connaître pour éloigner toute fausse in-
terprétation à cet égard. Je le dois par plus d'un motif; car si comme auteur j'ai une réputation à envier,
comme homme j'ai, avant tout, un caractère à défendre.

Mon but n'a point été d'outrager la vieillesse, et
je n'ai pas voulu prouver qu'elle ne pouvait plus com-

prendre le sentiment de l'amitié : cette pensée coupable n'étant pas dans mon cœur, ma plume se serait refusée à la produire; et si le sujet de ma pièce pouvait me la faire imputer, je déclare ici que je la désavoue hautement. Oui, sans doute, les vieillards sont susceptibles d'un attachement véritable, et d'autant plus solide qu'il a été mis à des épreuves plus nombreuses; mais c'est précisément au milieu de ces épreuves que j'ai saisi mon tableau, dans lequel ne figure qu'une classe de la société celle que l'ambition domine, et dont l'âme se glace quelquefois à l'appât du pouvoir. Gloire à ceux qui, devant la séduction, sont demeurés inébranlables ! Riches de souvenirs précieux, forts de précédens honorables, leur aspect impose, leur prudence éclaire; et au bout de leur carrière ils recueillent en égards, en vénération, en reconnaissance, le prix d'une vie sans faiblesse et sans tache. Mais ces exemples se présentent-ils fréquemment? Parmi les gens qui se trouvent aux prises avec l'ambition, en est-il beaucoup qui sortent victorieux d'une lutte aussi pénible? C'est, je l'avoue, dans la conviction du contraire que j'ai tracé le plan de ma comédie.

On a généralement cité La Bruyère soit pour le combattre, soit pour exalter sa pensée sur l'amitié, et condamner celui qui avait osé en méconnaître la vérité et la profondeur. Mais toutes les maximes d'un moraliste peuvent-elles également s'appliquer à toutes les époques ? je ne le pense pas. Il en est que le temps, dans sa marche, doit laisser en arrière, et qui finissent conséquemment par tout-à-fait porter à faux. En supposant que l'amitié ne peut se fortifier que par l'âge, La Bruyère semble faire tomber sur la jeunesse une accusation de légèreté qu'elle ne mérite plus aujourd'hui. Convaincue qu'un succès de boudoir ne conduit pas aux emplois, et que l'instruction ne saurait être remplacée par la fortune ou par la naissance, cette jeunesse a maintetenant un but unique, celui d'obtenir un rang distingué dans la carrière qu'elle a embrassée : peines, fatigues, privations, rien ne coûte; on veut arriver. Plus le chemin est difficile, plus on trouve glorieux de le parcourir; et, en voyant un obstacle, on éprouve le besoin de le surmonter. La direction des idées devient chaque jour plus grave et plus sérieuse; personne ne peut le révoquer en doute : j'en appelle aux hommes eux-mêmes qui furent légers et frivoles au siècle dernier; marchant avec le temps, leur esprit a su prendre la couleur de notre époque, et si je les suppose en place, je suis convaincu qu'en instruction, en solidité ils exigeraient d'un employé ce qu'ils eussent tremblé qu'on exigeât d'eux lorsqu'ils avaient vingt ans. Eh bien ! cette solidité, les jeunes gens savent aussi la porter dans leurs affections; et, en y joignant la fougue de l'âge, on m'accordera, je l'espère, qu'ils sont à la fois dignes de sentir l'amitié, et capables de se dévouer avec chaleur pour elle. Quoi qu'en dise un journal, la société, au dix-neuvième siècle, offre plus d'un Valmore, comme il est trop vrai qu'elle renferme plus d'un Saint-Albin.

On m'a reproché d'avoir rendu mes vieillards trop odieux. Je ferai observer que l'un d'eux, au contraire, montre de la générosité en pardonnant à son ami, et ne fait opposition au caractère des jeunes gens qu'en laissant échapper quelques soupçons sur la conduite du neveu du ministre. D'ailleurs, je le répète, je n'ai pris mes personnages que parmi les gens qui suivent la carrière de l'ambition. Mais, me dira-t-on, il faut que la comédie s'occupe seulement des règles générales; ses traits ne doivent point porter sur les exceptions. Malheureusement je suis en droit de répondre que les exceptions, à cet égard, se sont tellement multipliées, que Thalie est en droit aujourd'hui de les comprendre dans son vaste domaine. Et doit-on s'en étonner, après une révolution qui a renversé tant d'intérêts anciens, qui en a fait naître tant de nouveaux? Tels qui ne se fussent jamais approchés du foyer des places et des faveurs, y ont été portés par un concours de circonstances souvent indépendantes de leur volonté. Les uns ont sollicité pour défendre leur vie, les autres pour sauver leurs biens; d'autres, pour suivre des carrières qui, pour la première fois, s'offraient à eux exemptes d'obstacles; d'autres enfin, pour fonder leur fortune sur les débris des pouvoirs qui s'écroulaient à chaque instant; et de sollicitations en sollicitations, sans s'en douter, on est devenu avide d'emplois et de dignités. D'abord une habitude, le commandement a fini par être un besoin ; ce goût de domination s'est propagé, et la société a changé d'aspect.

Voilà toute ma pensée sur un sujet auquel on a généralement accordé quelque importance : je n'ai pas craint de l'exprimer avec la plus grande franchise. Quelles que soint les attaques qu'elle puisse m'attirer, je ne regretterai pas de l'avoir mise au jour, convaincu qu'on ne peut jamais se repentir d'avoir dit ce qu'on pense. Chercher à rendre les hommes meilleurs, en signalant les vices qui les perdent ou les ridicules qui les égarent, exalter, lorsqu'on le peut, les beaux sentimens qui les distinguent, tel est l'objet que doit avoir en vue un auteur dramatique, tel est celui que je me suis proposé. Le principe sur lequel repose ma pièce m'a paru vrai, et j'ai entrepris de le développer. Il peut être reproduit avec plus de talens, mais non dans de meilleures intentions ; et si mon but n'était pas rempli, il me resterait au moins la consolation d'avoir fait tous mes efforts pour l'atteindre.

<div style="text-align:center">~~~~~~</div>

PERSONNAGES.		ACTEURS.
GERMOND.	MM.	Baptiste.
DUFRESNE.		Desmousseaux.
LE COMTE DE VALMORE.		Michelot.
EDMOND, fils de DUFRESNE.		Armand.
SAINT-ALBIN.		Grandville.
PICARD, vieux domestique de Germond.		Armand Dailly.
Un Laquais.		Lafitte.
AMÉLIE, fille de GERMOND.	Mlle.	Bourgoin.

La scène est à Paris, dans la maison de Germond.

L'AMITIÉ

DES DEUX AGES,

COMÉDIE.

~~~~~~

ACTE PREMIER.

Le théâtre représente un salon élégamment orné.

SCÈNE PREMIÈRE.

GERMOND, SAINT-ALBIN.

SAINT-ALBIN.

Ai-je bien lu, Germond ?... Il épouse ta fille !
Le neveu d'un ministre entre dans ta famille !
Que j'éprouve de joie ; ah ! quel honneur pour toi ;
J'en suis tout transporté ; de grâce, embrasse-moi.

GERMOND.

Oui, mon cher Saint-Albin, oui, quelques jours encore,
Et pour gendre j'aurai le comte de Valmore.
~~~~~~

SAINT-ALBIN.

Parbleu! je l'ai bien vu, je n'en peux plus douter;
Titres, noms et prénoms, tout vient me l'attester.
Mais, dis-moi, par la poste aurais-je dû l'apprendre?
Devais-tu me cacher...?

GERMOND.

J'ai voulu te surprendre,
Tu dois m'en savoir gré.

SAINT-ALBIN.

Non, non, d'un tel bonheur
Le cœur de mon ami devait compte à mon cœur.
Me laisser ignorer tout ce qui t'intéresse!...
C'est un vol que tu fais à ma vieille tendresse.

GERMOND.

Ah! ce cher Saint-Albin.

SAINT-ALBIN.

Allons, n'en parlons plus.
Regagnons les momens que nous avons perdus :
Dis-moi; comment le comte a-t-il pu d'Amélie
Connaître le mérite? Il l'aime....

GERMOND.

A la folie.
Ses talens, ses vertus, peut-être sa beauté,
Ont fixé ses regards, il en est enchanté.

SAINT-ALBIN.

Où l'a-t-il vue?

GERMOND.

Ici, ...chez son oncle lui-même.

SAINT-ALBIN.

En vérité, mon cher, ma surprise est extrême :
Je ne te croyais pas en si grande faveur.
Tu vas chez le ministre ; es-tu solliciteur ?

GERMOND.

Pas du tout.

SAINT-ALBIN.

Je le crois ; mais depuis ta disgrâce
N'avais-tu pas juré de fuir les gens en place ?
D'où vient ce changement ?

GERMOND.

Lorsque tu le sauras
Tu seras bien surpris.

SAINT-ALBIN.

Morbleu ! tu parleras ;
Je suis las de tomber de mystère en mystère.
Quel est donc ce secret ?

GERMOND.

Je ne puis te le taire.
Dufresne, tu le sais, des amis le meilleur,
Est aujourd'hui proscrit ; il fut mon bienfaiteur,
J'ai dû plaider sa cause, et la reconnaissance
M'a forcé de hanter des salons d'excellence.

SAINT-ALBIN.

Le motif me déplaît.

GERMOND.

Peux-tu le condamner ?

SAINT-ALBIN.

Non, puisqu'à tant d'honneur il a pu t'amener.

Imprudence, pourtant ! et faut-il en commettre ?
Il s'agit d'un proscrit, on peut se compromettre.

GERMOND.

Ah ! te voilà toujours ; mais non, rassure-toi.
Un seul mot suffira pour calmer ton effroi ;
Par un heureux hasard que ta prudence ignore,
Edmond a pour ami le comte de Valmore.

SAINT-ALBIN.

Quoi !

GERMOND.

        Lui-même au collége, et sur le même banc,
On les vit autrefois tenir le premier rang :
Leur maître tour à tour les citait pour modèle ;
Cette rivalité n'enflammait que leur zèle,
Et leurs cœurs surent là fonder pour l'avenir
L'amitié qui dès lors vint toujours les unir.
Chacun prit dans le monde une marche contraire :
L'un se fit diplomate et l'autre militaire ;
Mais quoique séparés ils s'aimèrent toujours.
Arrivent nos malheurs, dont tu connais le cours,
Il est donc superflu qu'ici je les retrace.
Dufresne fut proscrit et je perdis ma place :
Faut-il s'en étonner, dans ces temps orageux
Où l'état fut sans chef, où des ambitieux,
Arrivant aux emplois par des chemins faciles,
Exploitaient à leur gré les discordes civiles ?
Mais à peine vit-on s'établir à la fois
Un pouvoir moins inique et de plus sages lois,
Que, sans aucun retard, je vole au ministère.
Edmond, comme tu sais, avait suivi son père.
Pour eux je sollicite, hélas ! et sans succès ;
Même dans les bureaux j'avais à peine accès ;
Mais je suis informé qu'un jeune capitaine

Implore ainsi que moi la grâce de Dufresne,
Et que cet officier, par un plus grand bonheur,
Est le propre neveu du ministre en faveur.
Je me présente à lui : c'était enfin Valmore.
Mais ses soins empressés n'avaient rien fait encore ;
Les retards, les refus lui paraissaient des torts ;
Il demande qu'aux siens j'unisse mes efforts,
Il veut me présenter à son oncle lui-même ;
Envers moi le ministre est d'une grâce extrême ;
Il m'accueille, m'invite et bientôt je me vois
Favori de celui qui m'ôta mes emplois.
O bizarre destin !

SAINT-ALBIN.

Plutôt destin prospère.
Et la fille a doublé la faveur de son père ;
Son amabilité....

GERMOND.

Valmore, chaque jour
La voyait chez son oncle et chez moi tour à tour.
Il en conçut bientôt l'estime la plus grande ;
Et le ministre enfin m'en a fait la demande.

SAINT-ALBIN.

Le bonheur te poursuit.

GERMOND.

Pouvais-je refuser ?

SAINT-ALBIN.

Ah ! de folie, alors, on eût pu t'accuser.

GERMOND.

Mille raisons pourtant auraient dû m'y contraindre.

SAINT-ALBIN.

A quel plus grand parti voulais-tu donc atteindre ?

GERMOND.

A celui qu'imposaient l'honneur et l'amitié,
Au jeune Edmond enfin.

SAINT-ALBIN.

           Va, tu me fais pitié.
Je sais bien qu'autrefois tu lui promis ta fille;
Mais, avant tout, on a des devoirs de famille.
Lorsqu'un gendre pareil veut bien se présenter,
C'est un crime, mon cher, de ne pas l'accepter.

GERMOND.

Tout cela sur le cœur me laisse un poids énorme;
Je me trouve coupable.

SAINT-ALBIN.

           Ah! bah! c'est pour la forme.
D'ailleurs, cette union ne peut plus l'honorer.

GERMOND.

Mais je la désirais, j'avais su l'inspirer;
Ma fille aimait Edmond.

SAINT-ALBIN.

           Elle aimera le comte.
A changer ses amours une fille est si prompte!
Les titres, les honneurs que l'on va recevoir....

GERMOND.

Sur l'esprit d'Amélie ont bien peu de pouvoir.
Il m'a fallu, mon cher, vaincre plus d'un obstacle :
La réussite enfin me paraît un miracle,
Et je vais me hâter d'accomplir des projets
Dont le moindre retard expose le succès.

SAINT-ALBIN.

Et je t'approuve fort. Le comte de Valmore
Connaît-il cet amour ?

GERMOND.

Non, sans doute, il l'ignore.

SAINT-ALBIN.

Si ta fille voulait, un mot suffirait.

GERMOND.

Non,
En prononçant ce mot, elle perdrait Edmond ;
Et j'ai su profiter de cette circonstance
Pour diriger son cœur, enchaîner son silence
Et lui faire par là seconder mes efforts.

SAINT-ALBIN.

Admirable, mon cher. Je pourrai donc alors
Te voir tenir un rang digne de ton mérite !

GERMOND.

Je l'avoue, oui, c'est là le but de ma conduite :
Je ne peux plus rester dans cette oisiveté.

SAINT-ALBIN.

Cela te fait honneur.

GERMOND.

J'ai long-temps affecté
De prendre mon parti, mais au fond de mon âme
Le désir du pouvoir me brûlait de sa flamme.
De l'habitude, hélas ! tel est le résultat :
On ne peut renoncer à son premier état.
Tout vient me rappeler mon ancienne fortune :
L'aspect d'un grand seigneur me choque, m'importune ;
Je voudrais être lui, redevenir puissant,
Dispenser des faveurs, me rendre intéressant.

Je sens que je deviens tyran dans ma famille,
J'ai besoin d'ordonner, et j'ordonne à ma fille.
La moindre résistance excite ma fureur;
Je ne demande plus, j'exige avec rigueur,
Moi qui, par Amélie, heureux dans mon ménage,
Ne pleurais plus sa mère; elle en était l'image;
Qui, pénétrant ses goûts, épiant ses désirs,
Lui créais chaque jour quelques nouveaux plaisirs.
Qu'est devenu ce temps ! Dans mon cœur tout s'efface,
Si ce n'est le chagrin d'avoir perdu ma place

SAINT-ALBIN.

Sais-tu qu'avec orgueil à la fin je te voi
Te rendre à mes avis et penser comme moi.
Je te croyais si loin d'une telle conduite
Que je n'osais, mon cher, te faire ma visite.
Tu le sais, chaque fois que tu m'as rencontré,
Je t'ai, sur ce point-là, constamment chapitré,
Mais en vain; tu semblais toujours plus inflexible;
Et moi-même, éprouvant un sentiment pénible
A te voir tant d'esprit et si peu de raison,
J'avais fini par fuir tout-à-fait ta maison.

GERMOND.

Je le sais bien ; aussi je m'en plaignais sans cesse;
Je disais : c'en est fait, mon ami me délaisse.

SAINT-ALBIN.

Ah! tu vois le motif.

GERMOND.

    J'aurais dû m'en douter.
(Tirant sa montre.)
Ton bon cœur.... Mais pardon si je vais te quitter;
J'oublie, en te parlant, qu'une affaire m'appelle;
J'entends ma fille. Adieu, je te laisse avec elle.
(Il sort)

SCÈNE II.

SAINT-ALBIN.

Ah ! ceci, pour le coup, me cause un peu d'effroi.
Trouverai-je Amélie indulgente envers moi ?
Pour me justifier que pourrai-je lui dire ?
Si long-temps sans venir !... Mais elle peut me nuire,
Et dès lors, s'il le faut, encourons son dédain.

SCÈNE III.

SAINT-ALBIN, AMÉLIE.

SAINT-ALBIN.

Salut, belle Amélie !

AMÉLIE.

　　　　Ah ! monsieur Saint-Albin !
Eh ! comment ! vous ici ? Quel hasard nous mérite
L'honneur de recevoir votre aimable visite ?

SAINT-ALBIN.

Le reproche est sanglant.

AMÉLIE.

　　　　Plutôt il est flatteur.

SAINT-ALBIN.

Quand vous lancez le trait, il frappe droit au cœur.
Un hasard ! ah ! cessez ; ce mot me désespère.
En faut-il pour venir embrasser votre père,
Ce bon, ce vieil ami que j'aimai constamment,
Et vous faire agréer mon faible compliment ?

AMÉLIE.

Ah ! parlez donc enfin. On a bien de la peine
A vous faire avouer l'objet qui vous amène,
Pourtant il semblerait....

SAINT-ALBIN.

Pourriez-vous m'accuser....

AMÉLIE.

De quoi ? d'être galant ?

SAINT-ALBIN.

Ah ! daignez m'excuser.

AMÉLIE.

Je ne vous comprends pas.

SAINT-ALBIN, *à part.*

Moi, je sais la comprendre.

AMÉLIE.

Quand je prends tout pour moi, faut-il vous en défendre ?
Mais ce n'est pas poli. Cette visite, eh bien !
N'était pas pour moi seule ? oh ! non, je n'en crois rien.
Allons, convenez-en ; depuis plus d'une année,
Mon père eût pu vous voir.

SAINT-ALBIN.

Vous voilà condamnée.
Je m'en souviens très-bien, j'arrivai le premier
A ce bal que Germond donna l'hiver dernier.

AMÉLIE.

Attendez, chaque objet dans ma tête se classe,
Oui, ce n'est que depuis qu'il a perdu sa place,
Onze mois seulement.

SAINT-ALBIN, *à part.*

(Haut.)
J'enrage. Je le crois;
Des affaires, ma goutte, hélas! plus d'une fois,
Quand j'ai voulu venir, n'ont pu me le permettre;
Le temps passe....

AMÉLIE.

D'ailleurs, on peut se compromettre.
N'est-ce pas votre phrase?

SAINT-ALBIN.

Ah! combien votre cœur
Condamne dans le fond ce langage railleur!
De grâce, revenez à votre caractère;
Et puis, est-ce l'instant de vous montrer sévère?
D'un peu d'étourderie au lieu de me punir,
Contemplez avec moi votre heureux avenir.
Est-il un sort plus doux et plus digne d'envie?
Le meilleur des époux vous consacre sa vie.
Les titres, la fortune ont pour vous peu d'attraits;
Mais quand vous leur devrez d'augmenter vos bienfaits,
On sait que le malheur a part à vos largesses :
Vous doublerez ses droits en doublant vos richesses.
Un militaire pauvre, impotent, sans appui,
Veut une pension, vous l'obtenez pour lui;
Un honnête employé, par un rapport sinistre,
A-t-il perdu sa place : un seul mot au ministre,
Il retrouve du pain, et sa famille en pleurs
Vient tomber aux genoux de ses libérateurs,
Un ami probe, sûr, d'une bonne naissance,
Qu'on peut enfin servir en toute confiance,
Qui de votre amitié fut toujours honoré,
A-t-il recours à vous : son sort est assuré.
Mais, laissant des objets dont votre âme est émue,

Sur un tableau plus gai reportons notre vue.
Ouvrez votre salon, bientôt vingt beaux esprits
Vont briguer la faveur d'y pouvoir être admis :
Chacun, vous soumettant ses titres à la gloire,
Attendra votre avis pour fixer sa victoire.
Si vous donnez un bal, un essaim de beautés
Y captive aussitôt nos esprits enchantés.
Mais non, c'est près de vous que chacun va se rendre;
Oui, tous veulent vous voir, vous parler, vous entendre;
Un mot de votre bouche, un regard de vos yeux,
Sont autant de faveurs qui les rendent heureux.

AMÉLIE.

Ah! monsieur Saint-Albin, quelle erreur est la vôtre!
Tout près de ce tableau n'en est-il pas un autre?
Ou jusques à ce jour vous vous êtes mépris,
Ou vous connaissez peu les salons de Paris.
Cinq ans que j'ai passés dans celui de mon père
Ont du monde à mes yeux dévoilé le mystère,
Et m'empêchent dès lors de trouver, comme vous,
A ce que vous vantez un aspect aussi doux.
Sans doute on est heureux lorsque, par l'opulence,
On peut mieux à son gré soulager l'indigence.
Mais plus on devient riche, et moins on fait de bien.
On donne à l'importun, le pauvre n'obtient rien;
Et cette pièce d'or, jetée à la paresse,
Ne vaut pas une obole offerte à la vieillesse.
Usant de son crédit, si l'on peut quelquefois
A quelques malheureux conserver leurs emplois,
Ne peut-on pas aussi, trompé par l'apparence,
Éloigner le mérite et servir l'ignorance.
L'état n'irait que mieux sans tous ces protecteurs,
Qui, comme leur domaine, exploitent les faveurs.
Mais, enfin, sur vos bals faut-il que je réponde?
Ah! c'est bien là, monsieur, qu'on reconnaît le monde!

Ce monde indifférent, de plaisirs altéré,
Qu'on retrouve toujours dans un salon doré.
Et ces plaisirs, d'ailleurs, qu'ont-ils donc d'agréable?
Des jeunes gens en foule entourent une table;
D'autres, non moins joueurs, seulement plus polis,
Viennent danser par grâce en lorgnant leurs paris;
Mais, plus à l'écarté qu'au mot qu'on leur adresse,
Toujours ils sont trahis par quelque maladresse.
Quand l'adversaire gagne, ils n'y peuvent tenir,
On voit à chaque point leurs traits se rembrunir;
Et, prévoyant leur perte, au mot le plus comique
Ils s'efforcent de prendre un rire sardonique.
Ailleurs, on aperçoit de prétendus amis
Qui déchirent tout bas le maître du logis,
Ou qui vantent tout haut son esprit et sa grâce,
Lorsque chacun pourtant brûle d'avoir sa place.
Tel est enfin, monsieur, ce monde intéressant,
Qui vient vous aduler quand vous êtes puissant,
Et vous tourne le dos quand vous cessez de l'être,
De peur de s'ennuyer.... ou de se compromettre.

SAINT-ALBIN.

Ah! vous allez trop loin; tout n'a pas mérité
D'enrichir ce tableau dont rien n'est excepté;
Vous regardez en masse, et d'un œil trop sévère.

AMÉLIE.

C'est ainsi que j'ai vu les amis de mon père;
Ils le quittèrent tous quand il ne fut plus rien.
Peut-être ils reviendront.... un jour.

SAINT-ALBIN.

                        Croyez-le bien.
(A part.)
Belle Amélie, adieu. La colère m'oppresse.

(Haut.)   (A part.)
Je vous baise les mains. Elle devient comtesse.
(A Amélie, qui veut l'accompagner.)
Ah! de grâce, restez!

(Il sort.)

SCÈNE IV.

AMÉLIE *seule.*

Il s'en va furieux.
S'il savait,.... le flatteur! Est-il audacieux!
Venir après un an!.... Que son dépit m'enchante!
Je crois, en vérité, que je deviens méchante.
Mais quand je songe au mal que tous ils nous ont fait,
Les ingrats.... Et mon père encor les recevrait!
Le compliment du jour, en flattant son oreille,
Lui ferait oublier l'injure de la veille!
Mais non, je ne crains plus de les voir près de moi,
Lorsqu'ils sauront qu'Edmond, qu'Edmond seul a ma foi,
Et que.... J'entends du bruit; qui donc m'arrive encore?
Ne puis-je fuir?

UN LAQUAIS, *annonçant.*
Monsieur le comte de Valmore.

SCÈNE V.

VALMORE, AMÉLIE.

VALMORE.

Ah! je vous trouve seule, et j'en suis enchanté.
Dites-moi; ce matin, quand vous m'avez quitté,
Qu'aviez-vous? dans vos yeux j'ai vu rouler des larmes;

Tout semble maintenant exciter vos alarmes.
Amélie, auriez-vous quelque tourment secret?
Ah! ne me cachez rien; ne suis-je pas discret?
D'ailleurs, dès à présent, de ce qui vous afflige
Je dois avoir ma part, je la veux, je l'exige.

AMÉLIE.

Mon ami....

VALMORE.

Je le suis; mais un titre plus doux
Pourrait m'être accordé : nommez-moi votre époux,
Dites-moi vos chagrins, et prouvez-moi d'avance
Que je suis digne au moins de votre confiance.

AMÉLIE.

Ah! oui, qui mieux que vous pourrait la mériter?

VALMORE.

Pourquoi, s'il est ainsi, chercher à m'éviter?
Vous soupirez!

AMÉLIE.

Eh quoi, m'en feriez-vous un crime ?

VALMORE.

Oh! non, si vous m'aimez, parlez.

AMÉLIE, *avec embarras.*

Je vous estime

VALMORE.

Vous voulez m'accabler, ce mot est bien cruel;
Et je l'entendrai donc jusqu'au pied de l'autel :
Quoi! n'aimeriez-vous pas celui qui vous adore,
Qui ne vit que pour vous?

AMÉLIE.

Ah ! pardonnez , Valmore ;
Tout, depuis quelque temps , me donne de l'effroi.

VALMORE.

Ne puis-je savoir ?...

AMÉLIE.

Non, seulement plaignez-moi.
Plus tard de mes tourmens vous connaîtrez la cause.

VALMORE.

Hélas ! sur votre foi mon amour se repose,
Tout soupçon me révolte ; et pourtant votre cœur
Devrait-il me cacher... ?

AMÉLIE.

Respectez ma douleur.

VALMORE.

Je dois la partager.

AMÉLIE.

Non , elle est trop amère.

VALMORE, *avec accent.*

Amélie !

AMÉLIE.

Eh bien ! donc, pour l'ami de mon père ,
Vous avez employé vos efforts généreux...
Ils ont été sans fruit....

VALMORE, *vivement.*

Oh ! que je suis heureux !
Je puis calmer l'effroi que son exil vous donne.
Oui, oui, je dois parler, la pitié me l'ordonne ;
A mon oncle, il est vrai, j'ai promis le secret :

Mais comment près de vous n'être pas indiscret,
Lorsque je vous vois triste.

AMÉLIE.

Ah ! qu'allez-vous m'apprendre ?

VALMORE.

Amélie, un bonheur qui va bien vous surprendre :
Dufresne...

AMÉLIE.

Obtient sa grâce ?

VALMORE.

Oui, dans quelques instans
Nous verrons ces amis attendus si long-temps.

AMÉLIE.

Même en France.... déjà ?

VALMORE.

Bientôt plus près encore.
Ils arrivent ce soir.

AMÉLIE, se troublant.

Ah ! généreux Valmore !

VALMORE.

Qu'avez-vous Amélie ? ah ! Dieu !

AMÉLIE, brusquement.

Rien, qu'ai-je dit ?

VALMORE.

Peut-être la surprise.

AMÉLIE.

Oh ! oui, sans contredit ;
Vous-même êtes tremblant ; mais pourquoi ce silence
Envers moi ?

2

VALMORE.

> Comme vous j'étais dans l'ignorance ;
Tous mes soins jusqu'ici demeuraient superflus.
Je montrais de l'espoir, mais je n'en avais plus,
Mon oncle chaque jour paraissait plus sévère,
Lorsqu'un ordre m'enjoint d'aller au ministère,
A peine suis-je entré que s'avançant vers moi
Le ministre me dit : Mon cher, je songe à toi :
A ta noce je veux aussi, selon l'usage,
T'apporter un cadeau qui te plaira, je gage ;
Je veux te réserver le plaisir et l'honneur
De faire à tes amis partager ton bonheur,
C'est te dire qu'enfin tout donne l'espérance
Que Dufresne bientôt pourra rentrer en France ;
Peut-être même on fut trop sévère envers lui,
Et puis en ta faveur je le sers aujourd'hui.
Quelle nouvelle ! ô ciel ! Faut-il que je vous dise
Que presque sur-le-champ nos amis l'ont apprise,
Et je viens d'être instruit que d'après cet espoir
Dans leur impatience ils arrivent ce soir.

AMÉLIE.

Dufresne ne craint rien ?

VALMORE.

> Non, non, j'aurai sa grâce.
Amélie, un moment mettez-vous à ma place,
Jugez de mon bonheur.

AMÉLIE.

> Oh ! je le comprends bien.

VALMORE.

Oui, mais à votre père au moins ne dites rien,
N'allez pas me trahir, car je veux le surprendre.
A pareille visite il est loin de s'attendre ;

Quel plaisir ! Nous serons heureux de son bonheur.
Eh bien ! ai-je rendu le calme à votre cœur ?

AMÉLIE.

Sans doute.

VALMORE.

Et désormais je vous verrai contente?

AMÉLIE.

Oh ! oui ;... mais à présent je suis un peu souffrante.

VALMORE.

En effet , je crois voir...

AMÉLIE.

Permettez qu'un moment
J'aille me reposer dans mon appartement ;
(A part.)
Par mon tronble, à la fin, je crains d'être trahie.

(Elle sort.)

SCÈNE VI.

VALMORE *seul.*

Ah ! je reconnais bien le bon cœur d'Amélie !
Malgré tant de vertus, mon esprit enchanté
Lui découvre toujours quelqu'autre qualité.

SCÈNE VII.

VALMORE, PICARD.

PICARD.

Pardon , j'ai cru trouver ici mademoiselle.

VALMORE.

Picard , envoyez vite une femme auprès d'elle ;
Qu'on ne la quitte pas et qu'on la serve bien.

2.

PICARD.

Elle est souffrante ?

VALMORE.

Oh ! oui, mais ce n'est rien :
Quelques soins, du repos l'auront bientôt remise.
Du zèle, allez, mon cher.

(Il sort.)

SCÈNE VIII.

PICARD seul.

Quelle est donc ma surprise?
Ce matin bien portante.... Ah ! j'y suis maintenant,
Le mal doit empirer, ce n'est pas étonnant.
Mais j'arrive à propos, cette fois je me flatte
D'être aussi bon docteur qu'habile diplomate....
(Avec importance.)
Je reviens d'un château !

SCÈNE IX.

PICARD, AMÉLIE.

AMÉLIE, entrant avec précaution,

Picard, est-ce bien toi ?
Seul....

PICARD.

Oui, mademoiselle, approchez sans effroi.

AMÉLIE.

J'ai reconnu ta voix, j'étais impatiente.
As-tu remis ma lettre ? eh bien, que dit ma tante ?

PICARD.

Madame votre tante approuve vos projets :
Sacrifier ma nièce, a-t-elle dit, jamais.
Mon frère est un.... Pardon, l'injure est sans pareille ;
Car, enfin, le mot *sot* a frappé mon oreille,
Et même j'ai trouvé, malgré l'intention,
Que c'était assez mal.

AMÉLIE.

Point de réflexion.

PICARD.

Non, tenez, franchement, l'épithète est trop forte :
Je n'aime pas du tout qu'on parle de la sorte.
D'ailleurs, cela me touche, oui, je le dis tout net:
Qui parle mal du maître insulte le valet :

AMÉLIE.

Enfin...

PICARD.

C'est mon avis, chacun pense à sa guise ;
Mais la civilité fut toujours ma devise.

AMÉLIE.

De grâce, achève.

PICARD.

Ensuite, elle m'a dit : Picard,
Vous allez repartir sans le moindre retard.
Et moi j'ai répondu : Me voilà prêt, madame.

AMÉLIE.

Sans lettre ?

PICARD.

Oh ! non : alors j'ai vu la pauvre femme
Vous écrire, en pleurant, le billet que voici.

AMÉLIE.

Donne donc, peux-tu bien me faire attendre ainsi !

PICARD.

Mais il fallait pourtant vous expliquer l'affaire.

AMÉLIE, *après avoir lu.*

Je n'attendais pas moins de la sœur de ma mère ;
Sa tendresse pour moi.....

PICARD.

Je crois être certain
Que, pour tout arranger, elle viendra demain.

AMÉLIE.

Je le vois, bonne tante, oui, oui, votre présence
Peut seule dans mon cœur ramener l'espérance.
Ah ! Picard ! songe bien qu'il faut être discret.
Suis-moi.

PICARD.

Jamais Picard n'a trahi de secret.

FIN DU PREMIER ACTE.

ACTE DEUXIÈME.

SCÈNE PREMIÈRE.

DUFRESNE, EDMOND, UN LAQUAIS.

DUFRESNE.

Ces marauds voulaient-ils nous laisser à la porte ?
Votre maître est-il seul ?

LE LAQUAIS.

Non, monsieur.

DUFRESNE.

Il n'importe ;
Dites-lui qu'en secret on veut l'entretenir.

LE LAQUAIS.

Mais, monsieur....

DUFRESNE.

Allez donc.

LE LAQUAIS.

S'il ne veut pas venir ?

DUFRESNE.

Il viendra.

LE LAQUAIS.

Votre nom ?

DUFRESNE.

Il n'est pas nécessaire.
Ce valet est bavard.

LE LAQUAIS, *en s'en allant.*

Ce monsieur est colère.

SCÈNE II.

DUFRESNE, EDMOND.

DUFRESNE.

Je vais donc le revoir, cet ami généreux.
Ah! mon pauvre Germond, quel bonheur pour tous deux!

EDMOND.

Vous étiez inquiet?

DUFRESNE.

Ne devais-je pas l'être?
Comment, plus de trois mois sans recevoir de lettre?
Hélas! peut-être alors il travaillait pour nous.

EDMOND.

Et que n'est-il venu nous attendre chez vous,
S'il sait votre retour....

DUFRESNE.

Non, sans doute, il ignore
Que sitôt arrivés....

EDMOND.

Oui; mais voyez Valmore:
A peine débarqués, nous étions dans ses bras.

DUFRESNE.

C'est vrai ; mais chez Germond pourquoi donc n'est-il pas ?

EDMOND.

Il a voulu que seuls nous vinssions le surprendre ;
Mais il doit nous rejoindre afin de nous apprendre
Un secret important dont dépend son bonheur.

DUFRESNE.

Important ! je devine, une affaire de cœur.
Oh ! qu'il est jeune encore !

EDMOND.

               Au moins il est sincère.
Je ne dois qu'à lui seul le retour de mon père.

DUFRESNE.

Quelle erreur !

EDMOND.

     J'en suis sûr.

DUFRESNE.

            Eh bien ! soit ; j'y consens.
Allons, il n'est d'amis que pour les jeunes gens.

SCÈNE III.

GERMOND, DUFRESNE, EDMOND.

GERMOND.

Que vois-je ? Edmond ! Dufresne !

DUFRESNE.

           Oui, mon cher, oui, moi-même.
Mon bonheur est bien grand.

GERMOND.

                    Ma surprise est extrême.
Eh ! comment ? vous ici ?

DUFRESNE.

            Ne t'en étonne pas.

GERMOND.

Je n'en puis revenir.

DUFRESNE.

            Viens toujours dans mes bras,
Germond , viens embrasser l'ami de ton enfance.

GERMOND, *l'embrassant froidement.*
Mais qui vous a permis de revenir en France ?

DUFRESNE.

Eh ! qu'importe , mon cher , nous y voilà toujours.
Je n'en veux plus sortir , j'y finirai mes jours.

GERMOND.

Quoi ! tu serais ici sans même avoir ta grâce ?

DUFRESNE.

Nous l'avons en espoir, quel danger nous menace ?

GERMOND.

Ainsi chez mo proscrit.

DUFRESNE.

            J'ai dû choisir, je croi,
L'amitié pour asile.

GERMOND.

    Ah ciel ! je meurs d'effroi.

DUFRESNE.

Mais cet accueil, mon cher, et m'étonne et me glace;
Eh! que peux-tu risquer, tu n'es plus homme en place?

GERMOND.

Non, non, c'est pour toi seul que tu me vois trembler.

DUFRESNE.

Quand je suis bien tranquille, à quoi bon te troubler?

GERMOND.

Ah! c'est un sentiment dont je ne s s pas maître;
Mais quel est ton projet?

DUFRESNE.

       Je te l'ai fait connaître:
Je viens, en réclamant un refuge chez toi,
Me placer à l'abri des rigueurs de la loi.

GERMOND.

Il faut te cacher?

DUFRESNE.

       Non, ta maison est bien sûre;
Qui peut m'y soupçonner?

GERMOND, *à part.*

       Oh! funeste aventure!
Tous mes plans sont détruits.

DUFRESNE.

       Que dis-tu?

GERMOND.

       Parle bas.
J'ai quelqu'un qui pourra nous tirer d'embarras.

       (Il sort.)

SCÈNE IV.

DUFRESNE, EDMOND.

EDMOND.

Eh! bien, mon père, eh! bien, ai-je eu tort de vous dire....

DUFRESNE.

Mon fils, des coups du sort pour moi voilà le pire;
C'était le seul ami que je croyais avoir.
Le cruel! oh! combien il trompe mon espoir!
Qu'il paraissait sincère au temps où ma puissance
L'obligeait quelquefois à la reconnaissance!
J'eu conviens, non jamais je n'aurais soupçonné
Que par lui je serais un jour abandonné.
Quelle était mon erreur! oui, mon cher, oui, sans doute,
Il me croit en péril, et dès lors me redoute.
Toi seul l'as su juger, je comptais trop sur lui;
Mais je veux jusqu'au bout l'éprouver aujourd'hui.

EDMOND.

Ah! pardonnez au père en faveur de la fille.

DUFRESNE.

L'oubli pourrait bien être un défaut de famille.

EDMOND.

Éloignez un soupçon qui déchire mon cœur.

DUFRESNE.

Tu vois sur l'amitié quelle était mon erreur.

EDMOND.

Oui, mais dans ses sermens l'amour est plus sincére.

DUFRESNE.

Je le crois.... Il revient, encore du mystère.

SCÈNE V.

Les Mêmes, GERMOND, SAINT-ALBIN.

DUFRESNE.

C'est l'ami Saint-Albin! eh! parbleu, quel bonheur!
Toujours frais et dispos!

SAINT-ALBIN.

Monsieur, j'ai bien l'honneur....

DUFRESNE.

Ah! mon cher, entre nous trêve de bienséance,
Est-ce ainsi qu'on se traite après un an d'absence?
De *monsieur* et d'*honneur* c'est un étrange abus.

SAINT-ALBIN.

Quand depuis si long-temps....

DUFRESNE.

Eh! bien, raison de plus.
Je vois avec plaisir que malgré sa disgrâce
Germond dans votre cœur a toujours une place.
Aux coups du même sort si nous fûmes soumis,
Il est bien mieux que moi traité par ses amis.
Mais vous a-t-il fait part de l'embarras extrême
Où nous sommes tous deux?

GERMOND.

           Oui, je te dirai même
Que recevant des gens qu'à peine je connais,
Je crains ici pour toi les regards indiscrets.
Dieu! si de mon ami j'aggravais la misère!
Quel serait mon chagrin!

DUFRESNE.

           Et que prétends-tu faire?

GERMOND.

Te donner un asile où tu ne craignes rien,
Où loin de tout péril....

DUFRESNE.

           Oui, si je comprends bien,
Par intérêt pour moi tu me mets à la porte.
Tu conviendras, mon cher, que le zèle t'emporte.

GERMOND.

Pourrais-tu soupçonner....

DUFRESNE.

           Moi, rien absolument

GERMOND.

Je tremble pour toi seul.

DUFRESNE.

           Et serait-ce autrement?
Explique-toi.

GERMOND.

           Je vais t'offrir une retraite
Où ta présence au moins demeurera secrète.

DUFRESNE.

Fort bien. Mais qui voudra recevoir un proscrit?

GERMOND.

C'est l'ami Saint-Albin.

SAINT-ALBIN, *vivement.*

Qui? moi! je n'ai rien dit
J'ai peu de logement....

DUFRESNE, *feignant de n'avoir pas entendu.*

Plus les lois sont sévères,
Plus je dois savoir gré....

SAINT-ALBIN.

J'ai quatre locataires,
L'un d'eux est fort méchant.

GERMOND, *bas à Saint-Albin.*

Mais tu t'es engagé.

SAINT-ALBIN, *bas à Germond.*

A d'aussi grands périls je n'avais pas songé.

EDMOND, *bas à son père.*

Il faut les rassurer.

DUFRESNE, *bas à son fils.*

Leur embarras m'amuse.

SAINT-ALBIN.

Adieu, mon cher; adieu.

GERMOND.

Mais la frayeur t'abuse;
Saint-Albin, mon ami, calme donc ton effroi.

Quel danger peut courir un homme tel que toi?
Tu n'es pas employé.

SAINT-ALBIN.

Je le serai peut-être.

GERMOND, *bas à Saint-Albin.*

Toi qui sais mes raisons.

SAINT-ALBIN, *bas à Germond.*

On peut se compromettre.

DUFRESNE.

Eh bien, de vos discours, quel est le résultat?
Qui de vous va loger le criminel d'état?

GERMOND.

C'est notre ami commun, tu seras à merveille.

DUFRESNE.

Il me semble pourtant qu'il fait la sourde oreille.

GERMOND.

Non, c'est bien décidé; mais chut, j'entends du bruit;
Fuyons par cette porte : il est tout-à-fait nuit.

(Ils sortent.)

SCÈNE VI.

EDMOND *seul.*

Oui, fuyez; moi, je reste Ah! pour le coup, mon père,
Vous sortez tout-à-fait de votre caractère!
Sans doute il est fort bon de rire à leurs dépens;
Mais pour votre cher fils, c'est rire trop long-temps;
Songez que jusqu'ici votre plaisanterie
M'a privé du bonheur de voir mon Amélie.

SCÈNE VII.

VALMORE, EDMOND.

VALMORE.

Ėh bien ! te voilà seul ; et ton père, et Germond ?

EDMOND.

Ils viennent de sortir.

VALMORE.

Conviens, mon cher Edmond,
Qu'on est heureux après une aussi longue absence,
De se voir dans les bras de son ami d'enfance.

EDMOND.

Et qui peut, comme moi, connaître ce bonheur ?
Moi qui, dans mon ami, retrouve un bienfaiteur ;
(Valmore fait un mouvement.)
Oui, je dois à toi seul notre retour en France.

VALMORE.

Pas du tout.

EDMONT.

Ne crois pas que la reconnaissance
Soit un fardeau pour moi ; non, non ; va, ne crains rien ;
Car je te trouve heureux de m'avoir fait du bien.

VALMORE.

Laisse donc.

EDMOND.

Je sais tout, il n'est plus de mystère ;
Allons, Valmore, allons, conviens que, si ton père
Tenait sa liberté de mes soins généreux,

3

De m'avoir pour ami tu serais orgueilleux :
Ce que tu sentirais aujourd'hui je l'éprouve.

VALMORE.

Cher Edmond...

EDMOND.

Malgré toi, tout bas ton cœur m'approuve
Et trahit des bienfaits qu'à la fin j'aperçois.

VALMORE.

Que seront-ils auprès de ceux que je te dois !
Le voilà ce secret et je te le confie,
Toi seul as décidé du bonheur de ma vie.

EDMOND.

Que me dis-tu, Valmore ?

VALMORE.

Oui, monsieur le proscrit,
Vous mariez les gens, et qui vous l'aurait dit ?

EDMOND.

De grâce explique-toi, je ne puis te comprendre.

VALMORE.

Mais comment ! n'est-ce pas te faire assez entendre
Que sans toi, sans ton père, exilé, malheureux,
Qu'enfin sans le motif qui les guidait tous deux,
Je n'aurais jamais vu ni Germond ni sa fille ;
Que, privé du bonheur d'augmenter leur famille,
J'eusse ignoré l'amour et sa plus douce loi,
Et qu'enfin Amélie....

EDMOND, *vivement.*

Amélie est à moi.
Qu'allais-tu dire ?

VALMORE.

Oh ! ciel !

EDMOND.

Quel trouble dans mon âme !
Amélie !...

VALMORE.

Oui, bientôt elle devient ma femme,
Je l'aime, je l'adore....

EDMOND.

Et moi j'ai ses sermens,
Pourrait-elle trahir de tels engagemens ?
Jamais.

VALMORE.

Qu'as-tu dit ?

EDMOND.

Oui, depuis notre jeunesse
Nous avons l'un pour l'autre une vive tendresse,
Et nos parens enfin nous ont promis qu'un jour
Ils combleraient des vœux qu'avait formés l'amour.

VALMORE.

Cruel !

EDMOND.

Non, rien ne peut m'enlever Amélie.

VALMORE.

On ne m'en privera qu'en m'arrachant la vie ;
Je l'aime trop, son père approuve mon ardeur,
Et les plus doux liens vont m'assurer son cœur.

EDMOND.

M'a-t-elle oublié ? Non, à mes yeux tout l'excuse :

Son père est un tyran, c'est lui seul que j'accuse.
Cet homme ambitieux....

VALMORE.

On n'en doit pas parler.
Sa fille m'appartient, faut-il le rappeler ?

EDMOND.

Je ne peux m'imposer un pareil sacrifice,
Et sans elle pour moi la vie est un supplice.
Que ne me laissait-on gémir loin de ces lieux,
Pourquoi m'y rappeler, j'étais moins malheureux.
Était-ce pour m'offrir le sort le plus barbare ?

VALMORE.

Quels reproches amers !

EDMOND.

Je le sais, je m'égare ;
Je suis injuste, ingrat, je voudrais m'en punir;
Mais Amélie, oh ! ciel ! A ce seul souvenir
Je sens un feu brûlant qui m'agite et m'enflamme,
Tout autre sentiment est banni de mon âme,
Et la reconnaissance...

VALMORE.

Ah ! discours superflus !
Je suis votre rival, je ne suis rien de plus ;
Nos vingt ans d'amitié vont ici disparaître.
Vous l'aimez, dites-vous ; je l'aime plus peut-être,
Je ne puis être heureux qu'en recevant sa main ;
Vous deviez l'épouser, je l'épouse demain ;
Je comprends votre ardeur, le premier vous la vîtes.
Mais entre l'amitié, l'amour met des limites ;
Comme vous l'avez dit, tout autre sentiment
Est bientôt effacé lorsqu'on aime ardemment.
Vous voulez Amélie et sa main m'est donnée,

Elle est l'arbitre enfin de notre destinée,
Et c'est vous dire assez que vous devez venir
Pour voir qui la mérite et qui peut l'obtenir.

(Il sort.)

SCÈNE VIII.

EDMOND seul.

Que dit-il ? Il faudrait ?... Quelle rigueur extrême,
Non ! non, ces derniers mots me rendent à moi-même :
Me battre avec Valmore ! Oh ! grand Dieu, quelle horreur !
Je serais l'assassin de notre bienfaiteur ?
Ah ! plutôt, le cruel qu'il m'arrache la vie,
Je lui céderai tout, oui, tout.... mais Amélie !
Amélie ! et pourquoi cet amer souvenir
Pour celle qu'à Valmore on allait voir s'unir ?
Qui me dit que son cœur m'est demeuré fidèle ?
Elle en accepte un autre, elle est donc criminelle ;
Je sais que sur sa fille un père a bien des droits,
Mais lorsqu'à la raison l'amour unit sa voix,
Ne peut-on l'invoquer ? Oui, ce n'est point un crime,
Surtout si de l'orgueil on doit être victime.
Amélie est coupable et tout vient l'accuser.
Aucun autre que moi ne devait l'épouser ;
Son cœur m'appartenait, sa main m'était promise :
Elle a tout oublié, son père nous méprise,
Il trahit ses sermens, devient notre ennemi,
Et pour ces deux ingrats je perdrais un ami !
Valmore !... qui m'obtient la grâce de mon père ?
Ah ! cette seule idée excite ma colère,
Je les hais, je les fuis, je le dois, je le veux,
Et je cours implorer un pardon généreux.
La voilà ! Dieu ! tâchons de lui cacher mon trouble,
A son aspect je sens que ma fureur redouble.

SCÈNE IX.

AMÉLIE, EDMOND.

AMÉLIE.

C'est vous, Edmond! enfin vous nous êtes rendu!
Quel bonheur de vous voir!

EDMOND.

Vous m'avez cru perdu,
Et ce motif....

AMÉLIE.

Non, non; j'espérais.... Votre amie
Eût-elle sans cela pu supporter la vie?

EDMOND.

Ah! de tant de bonté vous me voyez confus!

AMÉLIE, *à part.*

Quel accueil! je devine et ne m'étonne plus.

EDMOND.

Je craignais les effets d'une si longue absence,

AMÉLIE, *à part.*

Il sait tout.

EDMOND, *à part.*

La perfide!

AMÉLIE.

Ah! plus de confiance,
Jugez mieux vos amis.

EDMOND.

Je les juge fort bien.

AMÉLIE.

Vous allez tout savoir.

EDMOND.

Je n'ignore plus rien.

AMÉLIE.

Oui ; mais écoutez-moi.

EDMOND.

Je sais, vous dis-je encore ;
Vous allez épouser le comte de Valmore.
Quand je suis trop instruit, serait-il généreux
De vouloir vous contraindre à de pareils aveux ?
Vous contraindre ! Ah ! de vous c'est encor trop attendre ;
Peut-être il vous manquait la douceur de m'apprendre
Qu'il ne vous reste pas le moindre repentir.
Eh bien ! vous n'aurez pas ce barbare plaisir !
Ah ! cruelle , est-ce donc le fruit de ta promesse ?
Je ne pouvais t'offrir un titre de comtesse,
D'être neveu d'un grand je n'avais pas l'honneur.
Mais est-ce à ce prix seul qu'on obtient le bonheur ?
Va, tu l'aurais trouvé dans cet amour sincère ,
Qui te mit dans mon cœur à côté de mon père.
Ah ! ne crois pas qu'ici j'invoque ta pitié !
Que me faut-il de plus, j'ai pour moi l'amitié ;
Malgré toi cet asile au moins me reste encore.
Oui , j'aime mon rival autant que je t'abhorre ;
Et je vais à l'instant lui prouver sans éclat
Qu'il servit un ami, mais non pas un ingrat.

AMÉLIE.

Vous ne sortirez pas ; si je ne puis rien dire ,
Avant de me quitter , ah ! du moins daignez lire !
Sans doute cette lettre , arrêtant vos transports ,
Va me justifier et vous donner des torts.

EDMOND.

Quoi !

AMÉLIE.

Lisez.

EDMOND.

Se peut-il !

AMÉLIE.

Je suis impatiente.

EDMOND.

Je n'ose.

AMÉLIE.

Lisez donc.

EDMOND.

Elle est de votre tante.
Votre tante voudrait… ?

AMÉLIE.

D'après ce qu'elle dit.
Vous pouvez deviner ce que j'avais écrit.

EDMOND, *après avoir lu.*

Dieu ! quel est mon bonheur, je retrouve Amélie !
Chaque mot que je vois m'accuse et m'humilie.
Combien je suis coupable !

AMÉLIE.

Oui, puisqu'un seul moment
Vous avez pu douter de mon attachement.

EDMOND.

M'en voilà trop puni… Vous êtes généreuse ;
Pardon.

AMÉLIE.

En m'accablant vous me rendiez heureuse ;

Hélas! puis-je à présent douter de votre foi?
Et si vous m'offensiez, n'était-ce pas pour moi?
Je prévoyais assez qu'un seul mot de Valmore
Allait trop m'accuser.

EDMOND.

                Mais ce n'est rien encore;
Vous ne pouvez savoir à quels transports affreux
Notre amour révélé nous a portés tous deux.
Amélie, un moment, j'en conviens avec peine,
Vous avez entre nous excité de la haine;
Et, s'il faut l'avouer, fait naître des projets....
        (Amélie fait un mouvement.)
Rassurez-vous; j'étais sous le poids des bienfaits.
Ce puissant souvenir dominait sur mon âme;
Si j'ai pu sur-le-champ n'écouter que ma flamme,
Bientôt égaré, moi, votre ami, votre époux,
Ah! j'ai tout oublié pour n'accuser que vous,
Oui, vous seule à mes yeux avez été coupable,
Et dès lors l'amitié sur ce cœur qu'elle accable
Reprenant tous ses droits un instant méconnus,
Je crois même qu'enfin je ne vous aimais plus.

AMÉLIE.

Vous le deviez, Edmond; puis-je vous faire un crime,
De chérir un ami que j'aime, que j'estime?
Qui de vous et de moi s'occupait tour à tour,
Et dont l'unique tort fut d'avoir de l'amour.
Combien de fois, hélas! j'ai maudit le silence
Qu'à mon cœur déchiré prescrivait la prudence.
Mais chaque jour, mon père, augmentant mon effroi,
Me montrait votre sort dépendant tout de moi:
Valmore, disait-il, est neveu d'un ministre;
D'un seul mot de dépit craignez l'effet sinistre.
Je croyais au péril, je devais en frémir,
Et mon temps se passait à tromper ou gémir.

EDMOND.

Il a pu supposer une action si noire!....
Mais vous, bonne Amélie, ah! deviez-vous y croire?
Une semblable idée est indigne de vous.

AMÉLIE.

Mon père me parlait, vous étiez loin de nous;
L'existence pour moi devenait un supplice,
Mes chagrins, vos dangers, faisaient mon injustice.
J'en rougis; et pourtant dois-je m'en étonner,
Lorsqu'Edmond un instant a pu me soupçonner?
Nous sommes, vous voyez, coupables l'un et l'autre;
Vous avez mon pardon, accordez-moi le vôtre;
Et gémissons tous deux d'avoir pu, sans pitié,
Douter, vous de l'amour, et moi, de l'amitié.
Assez d'autres tourmens se préparent encore :
Qu'exigera mon père? et que fera Valmore?
Je sais que, sans daigner me consulter d'abord,
Une promesse entre eux avait fixé mon sort;
Mais je sais bien aussi que jamais Amélie
A nul autre que vous ne se serait unie.
Si, contre mon espoir, mon père eût insisté,
Sans me croire des torts j'eusse aussi résisté.
Nos parens n'ont-ils pas, dès notre plus jeune âge,
Accoutumé nos cœurs au nœud qui les engage?
Alors ils souriaient à nos jeunes amours.
Pensent-ils à présent en arrêter le cours?
Edmond, n'est-il pas vrai qu'il n'est pas de puissance
Qui nous fît jusque-là porter l'obéissance,
Et que nous sommes prêts à faire le serment
De ne jamais trahir un tel engagement?

EDMOND.

Ah! plus fort qu'un serment un autre objet me lie.

N'ai-je pas le bonheur d'être aimé d'Amélie ?
Même lorsqu'un moment je crus à mon malheur,
Le plus cruel dépit ne put rien sur mon cœur ;
Ce cœur, qui pour toujours se détachait du vôtre,
Jurait, en vous perdant, de n'en point aimer d'autre.

AMÉLIE.

Edmond, oui, c'est trop vrai, nous sommes malheureux ;
Mais, au moins, mon ami, nous le sommes tous deux ;
Et, quels que soient les coups du sort qui nous rassemble,
Nous les supporterons s'ils nous frappent ensemble ;
Souvenons-nous surtout qu'un mot accusateur
Porterait sur un père ou sur un bienfaiteur.

SCÈNE X.

AMÉLIE, EDMOND, PICARD.

PICARD.

Un billet pour monsieur.

EDMOND.

Et de qui ?

PICARD.

Je l'ignore :
Le porteur ne dit pas.

AMÉLIE.

S'il était de Valmore !
Dieu ! je tremble.

EDMOND.

Et pourquoi ? ne vous ai-je pas dit

(*Reconnaissant l'écriture.*)

Qu'il peut tout désormais. Mon père qui m'écrit !

(*Lisant.*)

« Mon fils, je ne suis pas le seul que l'on oublie ;
» Ton ami te trahit, il t'enlève Amélie ;
» Et Germond, au mépris de nos anciens projets,
» Fait dresser un contrat qui t'en prive à jamais.
» L'amour, l'ambition, tout enfin nous menace,
» Valmore est ton rival, et je n'ai pas ma grâce. »

AMÉLIE.

Valmore ! ah ! sur-le champ courez auprès de lui,
Allez, implorez-le, retrouvez son appui.

EDMOND.

Qui, moi l'implorer ? non, je lui ferais outrage.
Pouvez-vous supposer qu'un instant je partage
Sur le cœur d'un ami ce doute injurieux ?

AMÉLIE.

Oui, je hais comme vous ces soupçons odieux ;
Mais son oncle est ministre, et je crains sa colère,
Elle peut retomber encor sur votre père.

EDMOND.

Valmore a sa parole, il la fera tenir.

AMÉLIE.

Mais il n'a pas sa grâce.

EDMOND.

Il saura l'obtenir.
Si je crains son amour, ce n'est que pour moi-même.
Peut-il céder ses droits ? Amélie, il vous aime.
Ah ! je vais sans espoir....

AMÉLIE.

Vous reviendrez bientôt ?

EDMOND.

Oui, pour n'être qu'à vous, ou partir aussitôt.

(Edmond sort, et Amélie rentre dans son appartement.)

SCÈNE XI.

PICARD *seul.*

Oh ! dans ce siècle-ci comme tout dégénère !
On eût pris mon avis jadis sur cette affaire ;
Il eût eu quelque poids ; mais, je le vois trop bien,
Aujourd'hui les valets ne sont comptés pour rien.

FIN DU DEUXIÈME ACTE.

ACTE TROISIÈME.

SCÈNE PREMIÈRE.

AMÉLIE *seule*.

Dix heures vont sonner, mon père absent encore :
Et que peut faire Edmond ? aura-t-il vu Valmore ?
Il devait revenir, il me l'avait promis.
Qui cause ce retard ? malgré moi j'en frémis ;
Je crains.... Ah ! repoussons un doute qui l'offense.
N'est-il pas enchaîné par la reconnaissance ?
Lui-même me l'a dit, et je connais son cœur.
Pourtant si l'on osait outrager son honneur !
Si Valmore, emporté par un affreux délire,
Allait tout se permettre !... Et que peut-il lui dire ?
L'ai-je un instant trompé ? M'arracha-t-il jamais
Un mot qui pût enfin prouver que je l'aimais ?
Tout devait me trahir, oui, tout, jusqu'à mes larmes,
Chaque jour contre moi lui fournissait des armes.
Voilà comme mon cœur répondait à ses feux.
Pleure-t-on lorsqu'on aime et lorsqu'on est heureux ?
Un motif trop puissant excusait mon silence.
Pourtant si son amour faisait sa confiance,
N'aurais-je pas dû mettre un terme à ses tourmens,
En l'éclairant alors sur mes vrais sentimens ?
Pour prix de ses bienfaits, quels chagrins je lui donne !
Il faut qu'il sache tout, m'accable et me pardonne.

SCÈNE II.

GERMOND, AMÉLIE.

GERMOND.

Amélie, ah ! c'est toi , j'ai besoin de te voir.
Ma fille , ton contrat aura lieu dès ce soir ;
J'avertirai Valmore. Allons , que l'on s'apprête !
Je vais tout ordonner. Toi , songe à ta toilette.

AMÉLIE, *à part.*

(Haut,)
Qu'entends-je ? Quoi, mon père ? et qui fait devancer
Un moment que vous-même.....

GERMOND.

On ne peut balancer
Tu sais ainsi que moi la raison qui m'oblige ;
Ton père le demande.

AMÉLIE.

Ah ! de grâce.

GERMOND.

Il l'exige.

AMÉLIE.

Mon père ne saurait exiger mon malheur ;
Il est temps à la fin qu'il connaisse mon cœur.
Tremblant pour des amis, jusqu'ici j'ai dû feindre :
Mais rien dès aujourd'hui ne peut plus m'y contraindre ;
Tranquille sur leur sort je puis m'abandonner
Au penchant que vous-même avez su m'ordonner.
Avant qu'Edmond fixât votre choix qu'il honore
Si vous m'eussiez offert le comte de Valmore ,

Arrivant le premier et présenté par vous,
Je l'aurais, comme Edmond, accepté pour époux;
Oui, même, je l'avoue, il aurait su me plaire.
Qui pourrait s'honorer d'un plus beau caractère?
J'aime ses qualités, j'estime ses vertus,
Mais puis-je offrir un cœur qui ne m'appartient plus.
Mon père, pardonnez, je vais trop loin peut-être :
Non de changer mon sort, vous n'êtes plus le maître,
Si vous ne craignez pas de risquer mon bonheur
Songez bien qu'un serment engage votre honneur.

GERMOND.

Ce serment fut rompu par l'exil de Dufresne.

AMÉLIE.

Cet exil a cessé, dès lors il vous enchaîne.

GERMOND.

Quelle erreur est la vôtre, ah! que vous a-t-on dit?
Imprudente, apprenez qu'il est toujours proscrit.

AMÉLIE.

Je le sais comme vous, mais rien ne le menace,
Et sans doute aujourd'hui Valmore aura sa grâce.

GERMOND.

Valmore! c'est lui seul que l'on doit redouter.

AMÉLIE.

Non, non. Si trop long-temps de lui j'ai pu douter,
Je connais à présent son âme généreuse.

GERMOND.

Quand vous m'aurez perdu pourrez-vous être heureuse?
Devenez son épouse et Dufresne est sauvé;
Refusez, et quel sort nous sera réservé!

AMÉLIE.

Non, vous lui supposez une âme trop commune,
Il saura respecter les droits de l'infortune,
Il apprendra qu'Edmond avait reçu ma foi,
Que je ne peux donner ce qui n'est plus à moi,
Et nous serons sauvés sans qu'il veuille d'avance
A côté du bienfait placer la récompense.

GERMOND.

A l'aspect du danger vous n'avez pas frémi?

AMÉLIE.

Pardonnez-moi,... pour vous, mais non pour votre ami.

GERMOND.

Grand Dieu! que faites-vous en refusant Valmore?
Le danger était grand, vous l'augmentez encore.

AMÉLIE.

Quel soupçon! ah! mon père, il doit vous faire horreur,
Il faut être bien vil pour trahir le malheur.

GERMOND.

Il n'est rien d'impossible à l'amour qu'on outrage.
Valmore, impétueux comme on l'est à son âge,
Ne pouvant supporter un pareil déshonneur,
Ferait ce que plus tard condamnerait son cœur.

AMÉLIE.

Il peut être emporté, mais il n'est point infâme,
Et si, plus généreux, plus maître de sa flamme,
Il vous rendait lui-même à vos anciens projets,
Que feriez-vous alors?

GERMOND.

Moi, je refuserais.

De quel droit viendrait-on diriger ma conduite ?
Mais d'où vient ce langage ? il m'étonne et m'irrite,
Valmore a-t-il parlé ? manque-t-il à sa foi ?

AMÉLIE.

Non, j'espérais encor : mais c'est assez pour moi,
Puisque mon choix est fait, puisqu'il n'est plus le vôtre
En repoussant Edmond ne m'en offrez pas d'autre.
J'ai fait jusqu'à ce jour toutes vos volontés,
Et vos moindres désirs je les ai respectés ;
Mais il s'agit ici du malheur de ma vie,
N'attendez pas de moi que je me sacrifie.
Si par un tel refus je perds votre amitié,
Il me reste toujours des droits à la pitié.
Ce sont les seuls ici qu'invoque votre fille.

GERMOND.

Oui, ne comptant pour rien l'honneur de ma famille,
Ma volonté, mes droits, qu'il faut se rappeler,
Vous persistez.

AMÉLIE.

          Hélas ! vous pouvez m'accabler,
Je cesse d'implorer ici votre indulgence.

GERMOND.

Quel outrage inouï ! Sortez de ma présence :
Il est temps de finir ce pénible entretien.

AMÉLIE.

Mon père !

GERMOND.

          Éloignez-vous, je n'écoute plus rien.

AMÉLIE.

Un mot.

GERMOND.

Sortez, vous dis-je, ou craignez ma colère.

AMÉLIE, *en sortant.*

Qu'il est dur de braver la volonté d'un père !

SCÈNE III.

GERMOND *seul.*

Et voilà donc le fruit de mes soins généreux !
O fille trop ingrate ! ô père malheureux !
Tout près de recueillir le prix de mon ouvrage,
Faut-il que je supporte un refus qui m'outrage,
Qui trahit ma parole et fait évanouir
Cet espoir séducteur qui venait m'éblouir !
Adieu donc ce pouvoir que mon âme dévore,
Que j'allais ressaisir, et qui m'échappe encore ;
Moi qui, pour arriver à ce but si flatteur,
Ai repoussé l'ami qui fut mon bienfaiteur !
Rien pour me consoler ! O désir trop funeste,
Tu m'as tout enlevé, le remords seul me reste.

SCÈNE IV.

SAINT-ALBIN, GERMOND.

SAINT-ALBIN, *à part.*

Quel cruel embarras ! Comment lui dire enfin
Le sujet qui m'amène ?

GERMOND, *l'apercevant.*

Ah ! c'est toi, Saint-Albin ?

Arrive.

SAINT-ALBIN.

Qu'as-tu donc ? tu n'as pas l'air tranquille.

GERMOND.

Jamais ton amitié ne me fut plus utile.

SAINT-ALBIN.

Tu me fais peur, achève.

GERMOND.

Un instant m'a montré
Tous mes projets détruits.

SAINT-ALBIN, *à part.*

Me voilà rassuré.

GERMOND.

Je suis embarrassé.

SAINT-ALBIN, *à part.*

Je le suis plus encore.

GERMOND.

Ma fille ne veut pas du comte de Valmore.

SAINT-ALBIN.

Et ton autorité ?

GERMOND.

Mon cher, je n'en ai plus.

SAINT-ALBIN.

Mais un père a des droits.

GERMOND.

Ces droits sont méconnus.

SAINT-ALBIN.

Ta fille....

GERMOND.

Elle m'outrage.

SAINT-ALBIN.

Alors rien ne l'excuse.

GERMOND.

Qu'un père est malheureux quand son enfant l'accuse,
Et quand pour mettre enfin le comble à son malheur,
Il retrouve des torts dans le fond de son cœur !

SAINT-ALBIN.

Sans doute, je te plains, mais aussi ta conduite....

GERMOND.

Quoi ! blâmé par toi-même ? Oh ! oui, je le mérite.
Dufresne, en pareil cas, eût su me consoler.
Quel ami j'ai perdu !

SAINT-ALBIN.

Je venais t'en parler.

GERMOND.

Eh bien ! il est chez toi : qu'il y reste en silence !
Songe de quel danger serait une imprudence.

SAINT-ALBIN.

Tu me fais trembler.

GERMOND.

Oui, mais calme ton effroi ;
Je saurai l'implorer pour qu'il rentre chez moi.

SAINT-ALBIN.

Il en est temps encore : un seul moment te reste ;
Cours, le moindre retard peut devenir funeste.

GERMOND.

Mais à qui donc ?

SAINT-ALBIN.

A lui ; j'en suis au désespoir.

GERMOND.

Qu'arrive-t-il ?.... Dufresne....

SAINT-ALBIN.

Oui, j'ai voulu savoir
Si, par l'acte imprudent que tu m'as fait commettre,
Je ne risquais pas trop.....

GERMOND.

Quoi !

SAINT-ALBIN.

De me compromettre.

GERMOND.

Qu'entends-je ! oh ! ciel, achève.

SAINT-ALBIN.

Et, dans mon embarras,
Chez un ancien ami j'ai donc porté mes pas.
Grand Dieu, qui l'aurait dit à cet air r spectable ?
Une figure noble, un regard doux, affable.
Eh bien ! sans le savoir, je me suis adressé
A l'un de ces.... Tu sais....

GERMOND.

Tout mon sang s'est glacé !

SAINT-ALBIN.

Je comptais trop sur lui.

GERMOND, *se parlant à lui-même.*

Que faut-il que je fasse ?

SAINT-ALBIN.

Le cruel, invoquant les devoirs de sa place,
A voulu les remplir; et sur-le-champ...

GERMOND.

Grands dieux !

C'est donc un délateur que j'ai devant les yeux ?
Sortez. Dans ma fureur, je peux tout me permettre.

SAINT-ALBIN, *en sortant.*

J'aime mieux l'irriter que de me compromettre.

GERMOND.

Holà, quelqu'un ! Picard ! Ils sont sourds, les bourreaux.

SCÈNE V.

GERMOND, PICARD.

PICARD.

Que désire monsieur ?

GERMOND.

Eh ! vite mes chevaux.

Allez.

PICARD.

Quelle voiture ?

GERMOND.

Eh ! mon Dieu, peu m'importe.

PICARD, *en sortant.*

Jamais je ne le vis agité de la sorte.

SCÈNE VI.

GERMOND, *seul.*

Si d'un sort malheureux, j'ai supporté les coups,
Voilà bien aujourd'hui le plus cruel de tous.
Je vais être odieux, tout m'accuse et m'accable ;
Je n'étais qu'un ingrat, je deviens un coupable.
O désespoir ! ô soif des places, des honneurs,
Que tu vas me coûter de tourmens et de pleurs!
Oui, Dufresne, c'est moi, moi seul qui t'assassine,
Celui que tu servis va causer ta ruine.
Qui serait assez vil pour ne pas m'abhorrer ?
Chacun avec effroi du doigt va me montrer
En s'écriant : Cet homme a l'âme la plus basse,
Il trahit l'amitié pour avoir une place ;
Les liens du serment ne sont rien à ses yeux ;
Enfin, il est ingrat, parjure, ambitieux.
Quel chagrin dévorant ! quel avenir funeste !
Mais songeons à Dufresne, un seul moyen me reste.
Comme sa caution je vais me présenter,
Je dirai que c'est moi qu'on doit seul arrêter ;
Qu'ayant cru de sa grâce obtenir l'assurance,
Je l'ai sollicité pour qu'il revînt en France.
Heureux en m'exposant de sauver un ami,
Et de n'être dès lors coupable qu'à demi.
Mais je perds trop de temps, partons!... Oh! ciel, Dufresne!
Est-ce bien toi? grand Dieu! quel heureux sort t'amène?

SCÈNE VII.

GERMOND, DUFRESNE, *qui est entré pendant*
le monologue.

DUFRESNE.

Oui , c'est moi, mon ami.

GERMOND.

Retire-moi ce nom;
Je dois pour le ravoir mériter mon pardon.

DUFRESNE.

j'ai tout oublié.

GERMOND.

Tu ne sais rien encore ,
Tu dois me détester, moi-même je m'abhorre.

DUFRESNE.

Tu n'étais qu'égaré.

GERMOND.

Mais je suis criminel ;
Quand tu sauras....

DUFRESNE.

Je sais.

GERMOND.

Non !

DUFRESNE.

Je sais , dis-je !

GERMOND.

Oh! ciel !
Le rapport serait fait !

DUFRESNE.

Un billet me l'annonce,
Et même nomme enfin celui qui me dénonce ;
Tu vois donc que ton cœur veut s'accuser en vain.

GERMOND.

Mais la faute est à moi.

DUFRESNE.

La honte à Saint-Albin.
Il faut que le mépris nous venge et le punisse.

GERMOND.

Ma confiance en lui m'a rendu son complice.
Ton secret à moi seul devait appartenir,
Et j'ai pu t'exposer.

DUFRESNE.

Laisse ce souvenir.
Écoute, comme toi j'ai besoin d'indulgence,
Car tu sauras, mon cher, qu'en revenant en France,
Ton ami de sa grâce était presque certain,
Et devait sans retard l'obtenir dès demain.

GERMOND.

Qu'importe ! échapperai-je au remords qui m'accable ?
Si je fus dans l'erreur en suis-je moins coupable,
Et d'ailleurs le danger est-il moins grand pour toi ?
Si Valmore savait que j'ai trompé sa foi,
Qu'Edmond est son rival, et que ma fille l'aime.

DUFRESNE.

Il l'a sans doute appris.

GERMOND.
De qui ?

DUFRESNE.

D'Edmond lui-même!

GERMOND.

En es-tu sûr?

DUFRESNE.

Ici, tous deux ont dû se voir,
Et pour se confier un secret....

GERMOND.

Plus d'espoir!
Ils sont rivaux; dès lors tout menace ta tête.
Oh! que mon crime est grand!

DUFRESNE.

Ton remords le rachète.

GERMOND.

De ma soif du pouvoir, ah! voilà bien le prix,
Que n'ai-je pu donner Amélie à ton fils.

DUFRESNE.

Germond! tu t'en repens!

GERMOND.

Que ne le puis-je encore!

DUFRESNE.

Souviens-toi de ce vœu.

GERMOND, *apercevant Edmond.*

C'est lui!

SCÈNE VIII.

Les Mêmes, EDMOND, AMÉLIE.

DUFRESNE, *à son fils.*

Que fait Valmore ?

GERMOND.

L'as-tu vu ?

EDMOND.

Non, je viens de le chercher en vain.

DUFRESNE.

Deviez-vous vous trouver ?

EDMOND.

Oui, l'épée à la main.

GERMOND.

Quels projets !

DUFRESNE.

Oh ! grand Dieu !

EDMOND.

Supposez-vous, mon père,
Que j'eusse à ses bienfaits réservé ce salaire ?
Croyez que votre fils n'est pas un assassin ;
Non, je voulais le voir, lui présenter mon sein,
Lui dire de frapper et de m'ôter la vie,
S'il me fallait son sang pour avoir Amélie.

DUFRESNE.

Bien ; mais où peut-il être ? on devrait le savoir.

GERMOND.

Il est chez lui sans doute, et ne veut pas te voir.

EDMOND.

Quel motif aurait-il? non, je sais au contraire
Que depuis plus d'une heure il est au ministère.
Je m'y suis présenté, mais, arrêtant mes pas,
L'huissier, sans m'écouter, m'a dit qu'on n'entrait pas.

GERMOND, *à Dufresne.*

Eh bien! Dufresne, eh bien?

DUFRESNE.

En effet, je commence
A craindre son amour.

GERMOND.

Dis plutôt sa vengeance,
Nous sommes tous perdus.

EDMOND.

Où donc est le danger?

AMÉLIE.

Quelle crainte! ah! mon cœur ne peut la partager.

EDMOND.

Quoi, vous supposeriez?... quelle horrible pensée!
L'âme de mon ami se serait abaissée...
Ce soupçon me révolte. Ah! calmez votre effroi,
L'excès de son amour ne menace que moi.
Il a des droits réels, il pourra les défendre,
Mais à de tels moyens il ne saurait descendre.

AMÉLIE.

Moi qui connais son cœur, je pense comme Edmond.

DUFRESNE.

Moi, par plus d'un motif, je vois, avec Germond,
Dans cet empressement d'aller chez le ministre,
Pour le sort d'un proscrit un augure sinistre.

AMÉLIE.

Comment?

EDMOND.

Quel est son but?

GERMOND, *à Dufresne.*

Tu dois le pressentir.
Peut-être il en est temps... Dufresne, il faut partir.

EDMOND.

Ah! de grâce, messieurs, n'accusez point encore,
Je cours.

DUFRESNE.

Reste.

SCÈNE IX.

LES MÊMES, VALMORE, UN LAQUAIS.

LE LAQUAIS, *annonçant.*

Monsieur le comte de Valmore.

DUFRESNE.

Lui !

AMÉLIE.

J'espère.

GERMOND.

Je tremble.

EDMOND, *allant à lui.*

Ah ! viens donc, mon ami.

VALMORE.

Quoi c'est ainsi qu'Edmond reçoit son ennemi ?

EDMOND.

Mon ennemi, grand Dieu !

VALMORE.

Va, je sais te comprendre ;
Désormais pour nous battre il ne faut pas attendre :
J'ai fui le rendez-vous, je dois le confesser.

EDMOND.

Moi, je m'y suis rendu.

VALMORE.

Pourquoi ?

EDMOND.

Pour t'embrasser.

DUFRESNE, *à Germond.*

Germond, approuves-tu la leçon qu'on nous donne ?

AMÉLIE, *à Valmore.*

Je dois me présenter quand Valmore pardonne.

VALMORE.

Amélie, Amélie, ah ! daignez m'épargner !
J'ai besoin de courage, il faut vous éloigner.

(La retenant.)

Vous éloigner! pourquoi ? non, c'est une faiblesse;
Ne puis-je sans amour avoir votre tendresse?
Edmond, que dans ce cœur qui fut toujours à toi
Je conserve une place, et c'est assez pour moi.
Ne me refuse pas cette grâce dernière.
Mes amis, tous les deux aimez-moi comme un frère;
Pour pouvoir loin de vous supporter mon malheur,
Il faut que l'amitié vienne remplir mon cœur.

EDMOND.

Quoi! tu veux t'éloigner?

AMÉLIE.

Vous nous quittez, Valmore?

GERMOND.

Et pourquoi?

VALMORE, *s'approchant de lui.*

Pouvez-vous le demander encore?
Tenez, monsieur, tenez, reprenez cet écrit.
Sans doute à mes désirs quand vous l'avez souscrit
Vous n'aviez plus présente une ancienne promesse,
C'est alors une erreur.

GERMOND.

Non, c'est une bassesse.
Apprenez....

VALMORE, *plus bas.*

Je sais tout. Épargnez ces aveux :
Si ce n'est pas pour vous, qu'au moins ce soit pour eux;
Je quitte le ministre, et j'obtiens qu'il oublie
Tous les égaremens du père d'Amélie.

(*Affectueusement à Dufresne.*)
Votre grâce est signée : il n'est plus de proscrit,
Et, pour preuve, lisez ce que l'on vous écrit.

DUFRESNE.

Un brevet ! une place....

VALMORE.

　　　　Est offerte au mérite :
C'est une dette enfin dont mon oncle s'acquitte.
(*A Amélie et à Edmond.*)
Quant à vous, mes amis, on ne vous donne rien :
Quand le cœur est content, manque-t-il quelque bien ?
Jouissez d'un bonheur dont vous voyez l'aurore ;
Mais, dans son heureux cours, n'oubliez pas Valmore.
Vous êtes tout pour lui ; qu'au moins son souvenir
A vos doux entretiens parfois vienne s'unir.
Ah ! vous le lui devez pour prix de sa tendresse,
De son courage, enfin du bonheur qu'il vous laisse.
Adieu ! je vais partir. Puissé-je, quelque jour,
En servant mon pays oublier mon amour.
Alors, à votre sort loin de porter envie,
Fier de vous voir heureux, vous consacrant ma vie,
Je viendrai près de vous en terminer le cours.

AMÉLIE.

Valmore !... vos amis.... vous aimeront.... toujours.

VALMORE, *à Edmond.*

Adieu, fais son bonheur.

EDMOND.

　　　Il sera ton ouvrage.

AMÉLIE.

Il part !

GERMOND.

Quel dévoûment !

DUFRESNE.

C'est celui du jeune âge ;
Cet âge qui renferme à la fois dans son cœur
La vertu, l'amitié, le courage et l'honneur.

FIN DU TROISIÈME ET DERNIER ACTE.

www.ingramcontent.com/pod-product-compliance
Ingram Content Group UK Ltd.
Pitfield, Milton Keynes, MK11 3LW, UK
UKHW022119070726
13613UKWH00003B/1172